An die Freude

Friedrich Schiller

copyright © 2022 Culturea éditions
Herausgeber: Culturea (34, Hérault)
Druck: BOD - In de Tarpen 42, Norderstedt (Deutschland)
Website: http://culturea.fr
Kontakt: infos@culturea.fr
ISBN: 9782385084288
Veröffentlichungsdatum: November 2022
Layout und Design: https://reedsy.com/
Dieses Buch wurde mit der Schriftart Bauer Bodoni gesetzt.
Alle Rechte für alle Länder vorbehalten.
ER WIRT MIR GEBEN

Freude, schöner Götterfunken,
Tochter aus Elisium,
Wir betreten feuertrunken
Himmlische, dein Heiligthum.
Deine Zauber binden wieder,
was der Mode Schwerd getheilt;
Bettler werden Fürstenbrüder,
wo dein sanfter Flügel weilt.

Chor.

Seid umschlungen, Millionen!
Diesen Kuß der ganzen Welt!
Brüder – überm Sternenzelt
muß ein lieber Vater wohnen.

Wem der große Wurf gelungen,
eines Freundes Freund zu seyn;
wer ein holdes Weib errungen,
mische seinen Jubel ein!
Ja – wer auch nur eine Seele
sein nennt auf dem Erdenrund!
Und wer's nie gekonnt, der stehle
weinend sich aus diesem Bund!

Chor.

Was den großen Ring bewohnet
huldige der Simpathie!
Zu den Sternen leitet sie,
Wo der Unbekannte tronet.

Freude trinken alle Wesen
an den Brüsten der Natur,
Alle Guten, alle Bösen
folgen ihrer Rosenspur.
Küße gab sie uns und Reben,
einen Freund, geprüft im Tod.
Wollust ward dem Wurm gegeben,
und der Cherub steht vor Gott.

Chor.

Ihr stürzt nieder, Millionen?
Ahndest du den Schöpfer, Welt?
Such' ihn überm Sternenzelt,
über Sternen muß er wohnen.

Freude heißt die starke Feder
in der ewigen Natur.
Freude, Freude treibt die Räder
in der großen Weltenuhr.
Blumen lockt sie aus den Keimen,
Sonnen aus dem Firmament,
Sphären rollt sie in den Räumen,
die des Sehers Rohr nicht kennt!

Chor.

Froh, wie seine Sonnen fliegen,
durch des Himmels prächtgen Plan,
Laufet Brüder eure Bahn,
freudig wie ein Held zum siegen.

Aus der Wahrheit Feuerspiegel
lächelt sie den Forscher an.
Zu der Tugend steilem Hügel
leitet sie des Dulders Bahn.
Auf des Glaubens Sonnenberge
sieht man ihre Fahnen wehn,
Durch den Riß gesprengter Särge
sie im Chor der Engel stehn.

Chor.

Duldet mutig, Millionen!
Duldet für die beßre Welt!
Droben überm Sternenzelt

wird ein großer Gott belohnen.

Göttern kann man nicht vergelten,
schön ists ihnen gleich zu seyn.
Gram und Armut soll sich melden
mit den Frohen sich erfreun.

Groll und Rache sei vergessen,

unserm Todfeind sei verziehn.
Keine Thräne soll ihn pressen,
keine Reue nage ihn.

Chor.

Unser Schuldbuch sei vernichtet!
ausgesöhnt die ganze Welt!
Brüder – überm Sternenzelt
richtet Gott wie wir gerichtet.

Freude sprudelt in Pokalen,
in der Traube goldnem Blut
trinken Sanftmut Kannibalen,
Die Verzweiflung Heldenmut – –
Brüder fliegt von euren Sitzen,
wenn der volle Römer kraißt,
Laßt den Schaum zum Himmel sprützen:
Dieses Glas dem guten Geist.

Chor.

Den der Sterne Wirbel loben,
den des Seraphs Hymne preist,
Dieses Glas dem guten Geist,
überm Sternenzelt dort oben!

Festen Mut in schwerem Leiden,
Hülfe, wo die Unschuld weint,
Ewigkeit geschwornen Eiden,
Wahrheit gegen Freund und Feind,
Männerstolz vor Königstronen, –
Brüder, gält' es Gut und Blut –
Dem Verdienste seine Kronen,
Untergang der Lügenbrut!

Chor.

Schließt den heilgen Zirkel dichter,
schwört bei diesem goldnen Wein:
Dem Gelübde treu zu sein,
schwört es bei dem Sternenrichter!

Rettung von Tirannenketten,
Großmut auch dem Bösewicht,
Hoffnung auf den Sterbebetten,
Gnade auf dem Hochgericht!
Auch die Toden sollen leben!
Brüder trinkt und stimmet ein,
Allen Sündern soll vergeben,
und die Hölle nicht mehr seyn.

Chor.

Eine heitre Abschiedsstunde!
süßen Schlaf im Leichentuch!
Brüder – einen sanften Spruch
Aus des Todtenrichters Munde!